寂寞的大狗
LONESOME PUPPY

奈良美智
YOSHITOMO NARA

suncolor
三采文化

我 總是 孤零零一個

非常地 寂寞。

總是想著

有誰 會從哪裡來

做我的朋友。

因為 我 真的 孤孤單單

而覺得好寂寞。

是真的喔。

為什麼 我總是孤孤單單

那麼寂寞？

告訴你吧

因為 我啊……

是一隻

如此巨大的

狗！

所以　大家都因為

我　長得太大隻了

而看不見我啊。

因為這樣

我總是

孤孤單單

而覺得好寂寞。

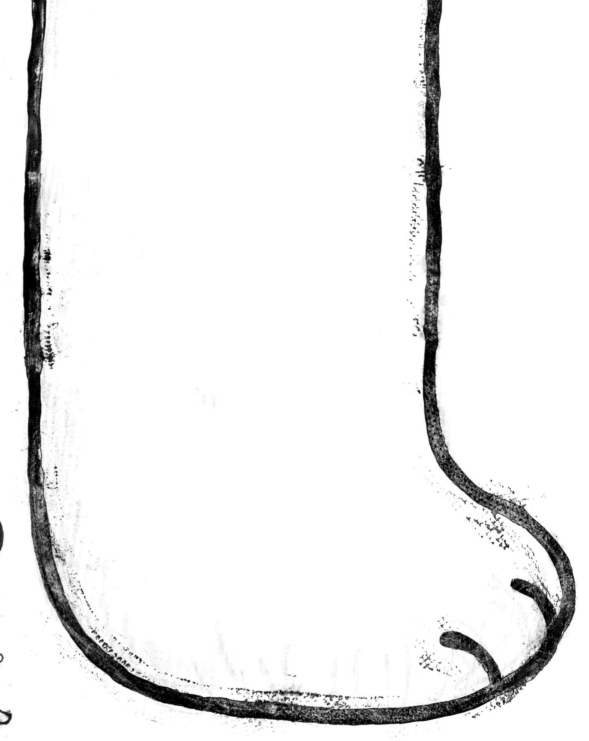

但是啊　有一天　一個　小女孩

她發現了　我！

一直　一直　往上爬。

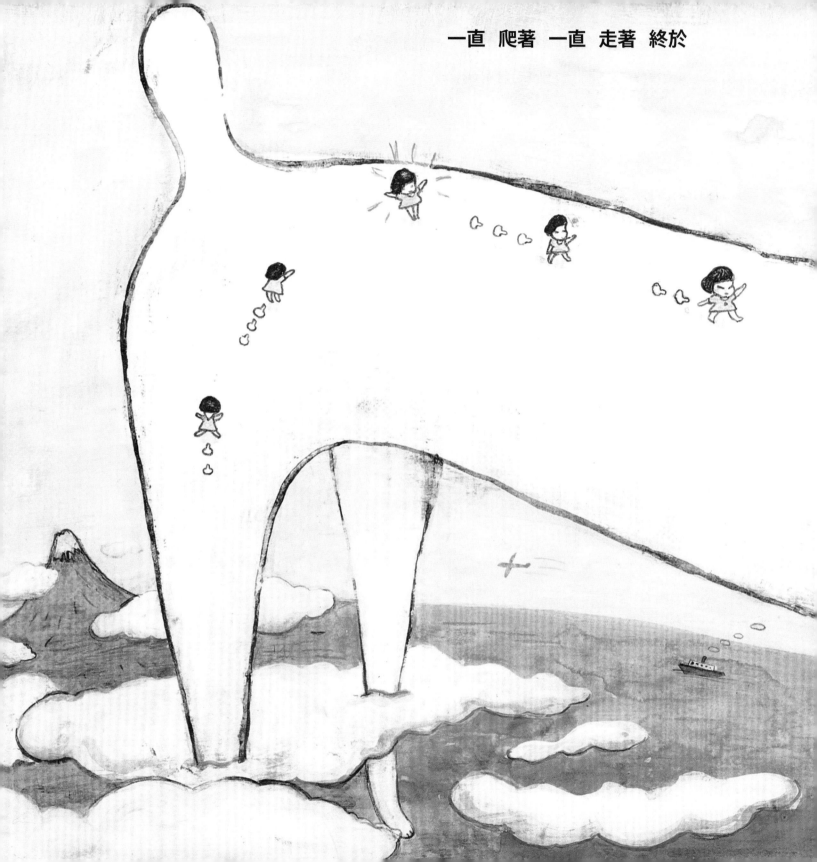

一直 爬著 一直 走著 終於

來到了　我的頭旁邊。

當她　走到了　我頭頂上時

滑了一跤　滾下來　咕咚咕咚　撞到了！

小女孩
非常地
驚訝。

我也
嚇了一跳哪。

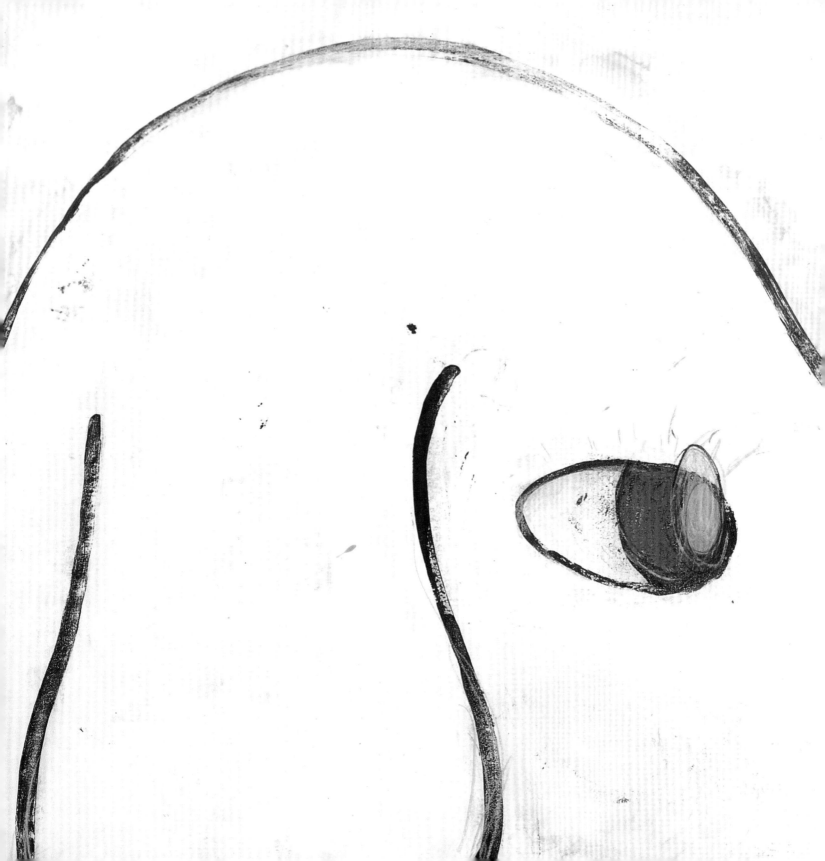

但是啊　小女孩　對著我
唱了　好多首歌。
於是　我們
就變成了朋友。

後來 小女孩 回家了，

我 也 不再覺得寂寞。

已經 不再 孤孤單單。

因為 小女孩 回家前 這麼對我說

「再見囉！！」

小小的小女孩　大大的大狗

也可以變成朋友　太好了　拍拍手

好了　在那之後　他們過得如何呢

雖然偶而　會吵架

還是很開心地在一起

如果　你也是　孤單一個人

覺得　非常寂寞

在某個地方　一定有個人

等待著　與你相遇

最重要的是　尋找的心情！

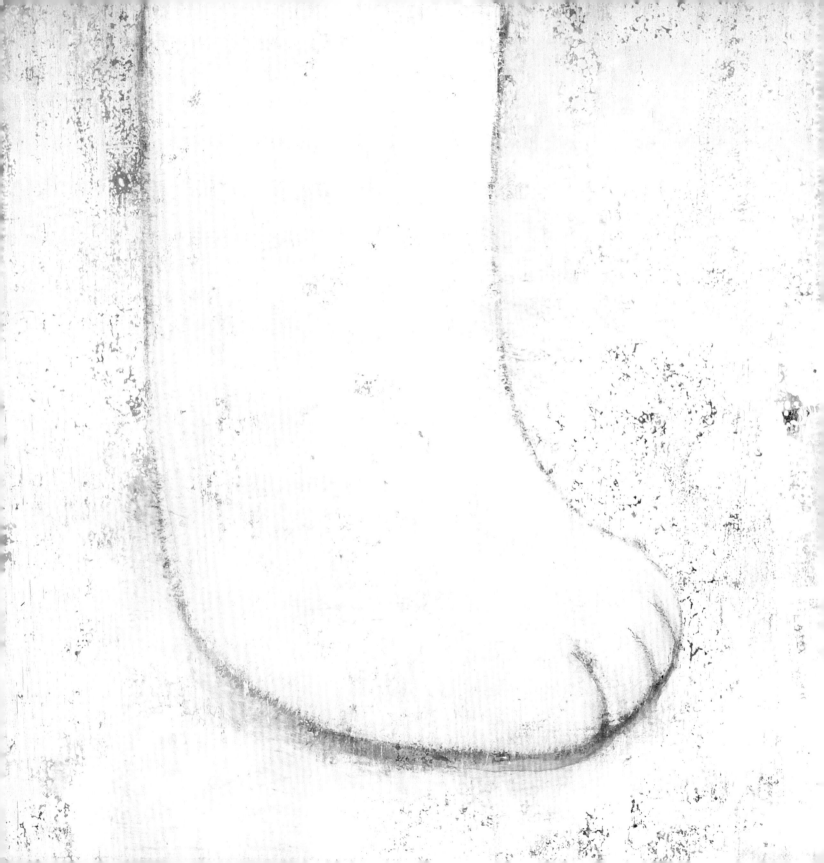

本書獻給所有的殘障兒童

以及阿姆斯特丹的小Michi和Lolo

特別感謝豬肉咖哩、牛肉咖哩和杉戶洋。

奈良美智

1959 年生於青森縣弘前市。
愛知縣立藝術大學研究所修畢後,前往德國。
就讀德國國立杜塞道夫藝術學院。
師承 A.R. PENCK,取得「大師學生」頭銜。
1994—2000 年以科隆為據點進行創作,
1998 年曾擔任 UCLA 三個月的客座教授。
在歐洲、美國、亞洲等地發表作品,是活躍於世界的藝術家。
著作有《深深的深深的水窪》、《Slash with a Knife》、《UKIYO》等。

王筱玲

曾任出版社副總編輯。
現為《日々》雜誌中文版主編,「見學館」(www.housearch.net)總編輯。

譯有《小星星通信》(合譯)、《安藤忠雄:我的人生履歷書》(合譯)、
《圖說西洋美術史》、《東大爸爸寫給我的日本史》、《NARA NOTE 奈良手記》等。

in TIME 05
寂寞的大狗

作者｜奈良美智　　譯者｜王筱玲　　校潤｜詹慕如

副總編輯｜蔡依如　　美術主編｜藍秀婷　　封面設計｜藍秀婷

經紀企劃副理｜杜雅婷　　版權經理｜劉契妙

發行人｜張輝明　　總編輯｜曾雅青　　發行所｜三采文化股份有限公司
地址｜台北市內湖區瑞光路 513 巷 33 號 8 樓
傳訊｜TEL:8797-1234　FAX:8797-1688　　網址｜www.suncolor.com.tw
郵政劃撥｜帳號：14319060　　戶名：三采文化股份有限公司
初版發行｜2017 年 6 月 23 日　　定價｜NT$480　　ISBN｜9789863428121
7 刷｜2021 年 4 月 5 日

TOMODACHI GA HOSHIKATTA KOINU
Copyright © 1999 Yoshitomo Nara
All rights reserved.
Original Japanese edition published in 1999 by MAGAZINE HOUSE Co., Ltd.
Complex Chinese Character translation rights arranged with MAGAZINE HOUSE Co., Ltd.
through Japan UNI Agency, Inc., Tokyo.